WINOC JACQUEMIN

SONNETS A NINON

CHAIR — LUTTE — ESPRIT

PARIS

ALPH. LEMERRE, LIBRAIRE

PASSAGE CHOISEUL, 47

—

1867

SONNETS A NINON

WINOC JACQUEMIN

SONNETS A NINON

CHAIR — LUTTE — ESPRIT

PARIS
ALPH. LEMERRE, LIBRAIRE
PASSAGE CHOISEUL, 47

1867

A

Madame ALPH. TH.

W. J.

PROLOGUE

En présentant au public ce mince volume, nous sommes partagé entre l'espoir et la crainte.

La crainte, — car nous comparaissons pour la première fois devant ce grand juge qui s'appelle Paris.

L'espoir, — car nous sommes jeune, et la vie est longue.

La Poésie commence à se réveiller. La Prose nous étouffait, et, s'il est vrai que les extrêmes se touchent, que les contraires s'attirent, l'heure des Poètes est venue ou n'est pas loin. C'est à vous, Poètes, mes frères et mes amis, à vous de la faire hautement sonner cette heure-là, et la France y prêtera l'oreille.

Si nous sommes Poètes, nous sommes Rois. Notre place dans le domaine des lettres est la première; et si nous l'avons perdue, la faute en est à nous. C'est à nous de reprendre le premier rang.

Notre siècle réclame une poésie claire et forte, moins brillante par les mots que puissante par les choses. Nous aurons deux tyrannies à secouer, la classique et la romantique. Nos prédécesseurs ont cru nous affranchir : ils ont ajouté leur joug au premier et doublé nos entraves. Ils avaient Boileau : nous avons Boileau et Victor Hugo; car le second s'est imposé sans avoir détruit le premier. Grands tous les deux, qu'ils vivent longtemps dans la mémoire des hommes, comme ils vivront en effet! Mais qu'ils nous laissent vivre aussi, et nous permettent d'être libres!

Nous avons commencé, Poètes mes frères, par des chants d'amour, qu'on pardonnera à notre jeunesse. Montrons qu'en les chantant nous sommes devenus des hommes. Mélons-nous à notre temps et à ses luttes, entrons dans le mouvement, soyons du peuple.

Travail, Amour et Liberté, Poètes mes frères et mes amis, voilà mon salut!

W. J.

CHAIR

I

Pour que dans mon esprit ton pur esprit habite,
Pour que l'ange immortel qui descendit en moi
Tienne enfin dans ses bras l'ange qui vit en toi,
Et vers lequel je sens qu'il m'entraîne et s'agite ;

Il faut, il faut, Ninon, sans effroi, sans remords,
Que ta lèvre candide à mes lèvres s'unisse ;
Qu'entre mes bras mortels je presse ton beau corps :
Ainsi le veut Celui qui n'a point de caprice.

Oh viens ! que nous mêlions nos baisers, nos soupirs,
Et qu'il ne reste en nous plus de place aux désirs,
Dans l'immobile instant qui pour jamais nous lie !

Le lien de la chair aide au lien du cœur :
Que je me sente heureux, te donnant le bonheur,
Et que nous ne fassions à nous deux qu'une vie !

II

Encor qu'il me parût tout pur et souhaitable,
Ce beau corps en qui Dieu mit un esprit si doux ;
Jamais je ne ployais devant toi les genoux,
Ninon, en soupirant le grand mot d'adorable.

Tu ne l'eus point voulu : mon cœur battait le tien,
Quand fiers et droits tous deux sous la voûte éternelle,
Ton front s'élevant presque à la hauteur du mien,
Nous nous sommes promis une amour immortelle.

Qu'un millième baiser scelle encor nos serments,
Et que mon âme oublie en tes embrassements,
Le passé, l'avenir, et la mort et la vie !

Je sens renaître en moi la soif de volupté,
Que naguère éveilla, que seule rassasie
L'âpre possession de toute ta beauté.

II

A soupirer sans raison et sans cesse,
Tu me ferais mille larmes verser ;
Pleurer, rêver : j'ai connu cette ivresse ;
C'est un péché, Ninon, rien qu'y penser.

Je hais l'ennui si prompt à se glisser ;
D'un air riant d'abord il te caresse ;
Il mord bientôt, et tue avec adresse
Dès qu'en ses bras tu te laisses bercer.

Il sèchera la fleur de ta jeunesse,
Et, lentement, cette fleur de tendresse
Que tu promis de me toujours garder.

A l'ennemi, vaillamment, sans faiblesse,
Marche, Ninon ; tu le feras céder ;
Dans un baiser j'en obtins la promesse.

IV

Femme pleine de grâce et pleine d'harmonie,
Qui te nommes Ninon au dire des Gaulois,
Je pourrais t'appeler ma Muse ou mon Génie,
Au langage divin des hommes d'autrefois.

Jeune garçon, et toi déjà grande et jolie,
D'un doigt savant déjà, tu conduisis mes doigts
Sur le clavier sonore, — et de la mélodie
Tu m'appris, en jouant, les ravissantes lois.

Un jour tu m'apparus dans ta magnificence;
La vie en fleurs brisa le bouton de l'enfance;
Je te baisais au front et chantais tour à tour.

Par ma langue, à jamais, sois bénie et chantée,
O toi qui fis descendre en mon âme domptée
Deux anges tout puissants : l'Harmonie et l'Amour!

V

Ne sais-tu pas, Ninon, que ta lèvre brûlante
A ma lèvre attachée en ternirait la fleur ;
Et, dans mes bras étroits, qu'à te sentir vivante,
La vie, en souriant, s'échappe de mon cœur?

Ne sais-tu point, qu'à voir ton ardente pâleur,
Tes yeux bleus, tes bras blancs, ton aimable sourire,
M'envahit je ne sais quel aveugle délire
Mêlé de volupté, d'amour et de terreur?

Grâce jusqu'à demain, ma terrestre déesse,
Grâce pour mes amours, comme pour ma jeunesse,
Ou tu me ravis l'âme en un dernier soupir !

Mais non, n'écoute point mon ingrate prière ;
Que tes baisers vainqueurs, dont j'aimerais mourir,
Malgré moi, sans merci, domptent mon âme altière!

VI

Pardonne-moi les pleurs que je te fais verser,
Non pas moi, mais le Dieu cruel qui nous châtie,
Ninon, — et sur le champ, qu'un bon et franc baiser
Nous console tous deux et nous réconcilie.

Vous êtes, s'il se peut, dit quelqu'un, plus jolie,
Quand une larme vient doucement à glisser.
Moi, je veux te crier, malgré toi, sans cesser :
Malheur à qui se plaît dans sa mélancolie!

Sois sage, et dès ce soir, ma muse aux ailes d'or,
Vers les cieux entr'ouverts en prenant son essor,
A tes cils cueillera cette perle éplorée;

Elle l'embrasera d'un rayon de soleil,
Et la pendra là-haut en étoile dorée,
Qui demain sourira gaîment à ton réveil.

VII

SERMENT

Par l'effroi, les ardeurs, les mouvements divers,
Que je sentis un soir en mon âme troublée,
Quand je vis ta ceinture à mes pieds déroulée,
Et que tu me reçus dans tes deux bras ouverts;

Par les âpres plaisirs, les poignantes ivresses,
Que mes sens, dans ta couche, ont éprouvés d'abord;
Et puis par les amours, les suaves tendresses,
Que mon cœur a conçus et qu'il te garde encor;

Par les tressaillements de la terre et de l'onde,
Par le Dieu créateur et la Vierge féconde,
Par mes os et mon sang, par mon âme et ma foi;

Par la fleur de ton sein, par l'immense nature,
Par nos premiers baisers, par notre sépulture,
Je n'aime et n'aimerai de ce monde que toi.

2.

VIII

Serre-moi dans tes bras enlacés ; oh ! je t'aime !
Cache-moi dans ton sein, entre tes blonds cheveux !
Je t'aime, ma Ninon... me pardonnent les cieux,
Sur ta lèvre amoureuse est le bonheur suprême.

M'aimes-tu ? — Baise-moi ! — Séraphins des cieux bleus,
A mon lit plein d'amour épargnez l'anathème !
Regardez-moi pleurer... Est-ce que je blasphème,
Souhaitant que vers vous nous volions tous les deux ?

O doux embrassements de l'homme avec la femme,
Tressaillements féconds du sang et de la chair,
D'où vient que vous laissiez tant de trouble dans l'âme ?

Qu'est-ce que je ressens de suave et d'amer ?
Oh ! ne m'écoutez point, Ninon ; vous êtes belle,
Votre vie est ma vie, et l'âme est immortelle.

X

Veux-tu marcher dans l'herbe et grimper sur les monts,
Visiter les blés verts, les ronces blanchissantes,
Les luzernes en fleurs, les fèves grandissantes :
J'en ai trop des bouquets et des fleurs de salons !

Des hommes tu connais les faces grimaçantes;
Viens-t'en voir une fois les bêtes innocentes,
Et descendre en courant dans le creux des vallons :
Le pavé de Paris me brûle les talons.

Des vaches nous trairons les mamelles pendantes,
Nous boirons dans nos mains les ondes transparentes;
Nous aurons des raisins, du pain bis, des oignons.

Les moineaux querelleurs babillent dans la haie,
La mousse nous attend au pied de la chênaie :]
Mets jupe de fil blanc, souliers plats, et marchons.

X

Le jour brûlant s'éteint : les ombres attendues
Remettent à l'essor nos baisers amoureux ;
Si tu m'aimes, Ninon, à tes épaules nues
La nuit enroulera son manteau vaporeux.

Mais que dis-je, après tout, et qu'avons-nous à faire
De la nuit ? — Que plutôt puissent te voir mes yeux,
Quittant au bord des lacs ces plis mystérieux,
T'avancer librement dans la pleine lumière.

Hors de ses voiles purs qui s'écoulent sans bruit,
Transporté, je la vois, l'épouse éblouissante
Qui se dresse au-dessus de l'herbe fleurissante :

C'est elle, c'est Ninon ; et mon regard la suit
A travers les détours d'un jardin plein de roses,
Et son pied svelte brille entre les fleurs écloses,

XI

Par mes chastes amours et ma longue tendresse,
Par ta fraîche santé, comme par mon bonheur,
Ninon, ne laisse point avec cet air rêveur,
Au courant des ennuis s'en aller ta jeunesse.

J'aimerais mieux te voir quelque sombre tristesse;
Mieux vaudrait une vive et poignante douleur,
Que ces vagues soupirs, cette douce langueur,
Qui n'est, sous de beaux noms, que mensonge et paresse.

Aujourd'hui, c'est rêver, se plaindre sans souffrir,
Et se coucher demain toute pâle, et mourir,
Et laisser à la fois ses amours et la vie.

L'ennui te flattera de son air caressant,
Et sucera demain le meilleur de ton sang,
Alors que tu seras doucement endormie.

XII

Limpide et large autant que les sources des cieux,
D'où jaillit-elle ainsi cette onde intarissable,
Et ces pleurs si profonds, qu'il n'est désert de sable
Qui puisse en dessécher le flot silencieux?

Allons, je veux sourire, être fort et joyeux;
Des pleurs ils ont flétri la gloire impérissable,
Les pleureurs éternels de ce temps lamentable ;
La douleur s'est ternie en passant par leurs yeux.

Je t'aime! — Baise-moi de ta lèvre embaumée...
Ciel, la vapeur t'emporte en sifflant! Bien-aimée,
Puisse Dieu, loin de moi, te donner d'heureux jours !

Et, sans peur maintenant, ô vaillante rosée,
Mouille de tes flots clairs ma poitrine arrosée !
Hommes et Dieu, voyez : je pleure mes amours.

LUTTE

I

S'il en est un, bon Dieu, dans ce lieu de misère,
Qui puisse à ma douleur comparer ses douleurs,
Qui soit, autant que moi, plein de tristesse amère :
Qu'il vienne dans mes bras cacher sa tête en pleurs.

Écoute, lui dirai-je, ô mon ami, mon frère,
Et raconte après moi d'où naissent tes malheurs;
Hier j'avais une amie, une âme jeune et fière,
Et l'amour avait fait un cœur de nos deux cœurs.

Je jurai de passer auprès d'elle ma vie,
Et d'être heureux cent ans, rien qu'à la regarder :
Eh bien! tu ne sais pas, le ciel me l'a ravie.

Vois les pauvres débris que j'en ai pu garder :
Une fleur, une lettre, une imparfaite image;
Dis-moi qu'elle était belle, et si le ciel est sage.

II

J'avais dit : Sois à moi, je t'aime et t'aimerai ;
Et le ciel à mes mains ravit ta tête blonde.
J'ai le droit de pleurer, si quelqu'un l'eut au monde :
Je ne pleurerai point ; je ne veux point pleurer.

Orgueil et vanité !... Déjà coulent les larmes...
Malheureux sommes-nous, quand une âpre douleur
Excède, en nous frappant, la vaillance du cœur !
O luttes de la vie humaine !... O faibles armes !

Réjouis-toi, douleur, et sois fière : c'est bien ;
Il te manquait de vaincre un cœur comme le mien,
De jeter contre terre un rival de ma taille.

Bravo ! si j'ai péché, tu me brises les dents ;
Tu bats mon âme, ainsi que les fléaux la paille,
Qui vole vide et sèche au caprice des vents.

III

Les mains sous son manteau, renfermé dans son deuil,
A travers les vivants dont il entend la fête,
Comme un spectre, ô Ninon, passera ton poète
Froid déjà, sous les plis de l'éternel linceul.

Le Seigneur fait les jours : Son règne est immuable ;
Moi je passe, je vais à travers sans les voir,
Ni les compter, les yeux tournés vers le sol noir,
Traînant à mes talons mon chemin lamentable.

Je marcherai tout seul dans l'orgueil et la nuit,
Je ne pleurerai plus sur les malheurs d'autrui,
Et je ne rirai point de l'humaine sottise.

Ce n'est point que je cède aux vices d'aujourd'hui,
Que je m'aille mourant d'un immortel ennui :
Sur mes amours d'airain l'ennui n'a point de prise.

IV

Dans mes veines je sens le vin de la jeunesse
Qui fermente ce soir, et, vers les cieux, les eaux,
L'air tiĕde, les zéphirs, les vallons, les oiseaux,
Pousse hors de mon sein un appel de détresse.

Mais le zéphir moqueur siffle dans les roseaux,
Mais la chèvre lascive aux arbres se caresse :
Que peut l'herbe des prés, la fraîcheur des ruisseaux
Pour calmer de ce sang l'impitoyable ivresse !

O chair impérieuse, ô sauvage coursier,
Qui se cabre sous moi, ronge son frein d'acier,
Redresse, en hennissant, sa rebelle crinière !

Regarde-le frémir, blonde amie aux bras blancs,
De mes talons armés je lui creuse les flancs,
Et je le jetterai meurtri dans la poussière.

V

Est-ce, ô Dieu créateur, par colère ou bonté,
Que ton souffle alluma dans les fils de la femme,
Dans leurs os et leur chair, cette vivante flamme,
Que la langue de l'homme appela Volupté?

Écoute-moi gémir sur mon lit déserté,
Regarde ces combats des membres et de l'âme,
Depuis que m'est ravie une amante sans blâme,
En qui fleurit la fleur de pure loyauté.

Dieu des chastes amours, à ma couche virile,
Épargne les désirs, la langueur inutile,
Les transports inféconds de la chair et du sang.

Et toi, que sur mon sein je tenais défaillante,
Qui loin de moi t'endors, toute seule et tremblante,
Songe parfois, dans l'ombre, à ton poëte absent.

3.

VI

Te souvient-il, Ninon, de la jeune déesse,
Qui marchait devant nous à l'ombre des bouleaux,
Accrochant en chemin des bluets à sa tresse,
Et souriant gaîment à nos amours nouveaux?

Au coin des carrefours, le front ceint d'oripeaux,
(J'en pleure de colère autant que de tristesse),
Je l'ai revue ici ma première maîtresse,
Qui dansait sous les yeux d'un peuple de badauds.

Des cruels à sa jupe avaient mis des paillettes,
Un panache à son front, à son col des rubans,
Et par force à ses doigts passé des castagnettes,

Puis l'avaient de la sorte exposée aux passants;
Et la Muse, ô Ninon, pauvre Muse publique,
Dansait en sanglotant une danse impudique.

VII

Qu'un de nous, transporté d'une de ces douleurs
Qui se changent bientôt en sublimes colères,
M'aille prendre au hasard quelques rudes lanières,
Et sangle la figure à ces profanateurs!

Ils ont livré la vierge à des mains étrangères,
Ils ont défiguré la Muse en cent manières,
Ils l'ont peinte en riant de bizarres couleurs,
Et tout Paris s'est mis du côté des rieurs.

Tes soldats sont vaillants et tes filles sont belles,
Qui traînent sur tes quais leurs robes de dentelles,
Et parmi tes jardins circule l'univers,

Paris! — Mais rejetant et grelots et basquines,
La Muse pourrait bien, du haut de tes collines,
Secouer sur ton front la foudre et les éclairs.

VIII

Viens dans mes bras ouverts, belle prostituée,
Pauvre Muse vendue à des entremetteurs ;
Ton cœur s'est gardé pur dans ta chair violée,
Et d'un chaste baiser je sécherai tes pleurs.

Nous jetterons aux vents cette robe souillée,
La jupe de danseuse et les grelots moqueurs !
Je te verrai ce soir tout de neige habillée,
Les pieds dans le satin, la tête dans les fleurs.

J'en connais qui vers toi jettent un œil d'envie,
Braves gens, à qui manque une trempe d'acier,
Et qui passent craignant de se faire siffler.

Pour un de tes regards je donnerais ma vie ;
Fais l'essai de mon cœur ; et tu verras demain,
S'il est resté chez moi prise au respect humain.

IX

LA GRANDE MUSE.

Je demande une Muse hardie avec candeur,
Qui par le monde entier puisse aller toute nue,
De beauté seulement et de fierté vêtue,
Son regard sur le ciel, ses deux mains sur son cœur;

Qui foule sans les voir les fanges de la rue,
Ne craigne point que l'air ternisse sa blancheur,
Mais traverse, en chantant, et d'un pas de vainqueur
Les flots tumultueux de l'humaine cohue;

Chasse de son chemin le troupeau des flatteurs,
Et dise à tout venant et tout haut sa pensée,
Dans un rhythme viril fièrement cadencé;

Présente sans rougir, à ce siècle des pleurs,
Un œil limpide et sec comme un ciel d'Italie,
Et défende hardiment qu'on la trouve jolie.

X

Sous les blancs peupliers qui bordent votre asile,
Traînant languissamment vos pas rêveurs et doux,
Vous dites qu'il vous plaît songer à la grand' ville,
Et demandez, Ninon, ce que l'on fait chez nous.

Curieuse Ninon, que me demandez-vous?
Que vous sert de savoir, ô belle jeune fille,
Ce que l'on voit ici de pourpre et de guenille,
Et ce que l'eau du ciel roule vers nos égouts?

Dis-moi plutôt, dis-moi si tes fraises rougissent,
Comment vont tes rosiers, si tes semis grandissent,
Et ce qu'on fait là-bas, quand il pleut tout le jour.

Dis-moi, quand la nuit vient, si tu rêves d'amour,
Et laisse au gouffre sombre où toute chose arrive,
Ce pauvre siècle aller sans nous à la dérive.

XI

Tandis que par tes prés, majestueuse à voir,
L'œil ouvert sur les champs, marche la moissonneuse
Tandis que tes grands bœufs, en file, vers le soir,
Quittent nonchalamment l'herbe silencieuse :

Ici la foule court, criarde, tapageuse,
Où va l'or, où s'en vont les faveurs, le pouvoir;
Lâche dans la défaite, altière dans l'espoir,
Affamée et remplie, insolente et peureuse.

Ici passe masqué l'éternel carnaval,
Pêle-mêle en haillons, en toilette de bal,
Pantins laissant traîner derrière eux la ficelle!

O ma douce Ninon, du monde la plus belle,
Puisse le ciel donner des fleurs à tes pommiers.
Et semer chaque jour d'œufs frais tes poulaillers

XII

Malgré ce que j'en dis, Ninon veut être instruite
Des choses que l'on voit au pays que j'habite ;
Et Ninon chaque jour rêve de ce Paris
Que la belle Ninon n'a vu que par écrits.

Douze sonnets, puis vingt, mille venant ensuite,
Pour contenter Ninon serait chose petite;
Mais la fière Ninon jettera les hauts cris ;
Ninon, ce que tu veux, Dieu le veut; j'y souscris.

Mais voyons, avant tout, sans clerc et sans notaire,
A conclure un marché qui te plaira j'espère ;
Et, le contrat signé, observes-en la loi.

Pour chacun des sonnets expédiés par moi,
Ninon m'adressera quelque sonnet champêtre,
Plus un baiser.— C'est fait?— Oui, j'accepte à la lettre.

XIII

ENVOI.

Des hôtels, des bazars, des cafés, des comptoirs,
Des temples, des tripots, des lanternes magiques,
Des dômes, des clochers, des tours et des portiques,
Des taudis, des palais, des bains, des abattoirs;

Puis des jardins peuplés de marbres impudiques,
Des tilleuls ombrageant l'asphalte des trottoirs,
Des lacs et des bosquets, des fontaines publiques,
Et cent mille flambeaux s'allumant tous les soirs!

Jetez-moi là-dessus du bruit et de la foule,
Riant, pleurant, chantant, qui se pousse, qui roule,
En frac noir, en pelisse, en bonnet, en turban :

Et vous aurez, Ninon, ce Paris admirable,
Qui semble par dehors gaillard et bien portant,
Et que pourrit au cœur un cancer effroyable.

4

XIV

RÉPONSE.

Sur l'un et l'autre bord d'un rapide ruisseau
Qui descend en trois bonds les degrés d'un coteau,
Une ferme, un moulin, trois ou quatre chaumines,
S'échelonnent parmi des bouquets d'aubépines.

Un bâton à la main, plié sous son fardeau,
Le bûcheron gravit la pente des collines,
Tandis que le berger vers les plaines voisines
Chasse les rangs serrés de son heureux troupeau.

C'est là, beau citadin, qu'à côté d'un vieux hêtre,
Entre ses volets verts s'ouvrait une fenêtre,
Lorsque vous paraissiez au détour du chemin.

C'est là que vous disiez, entre autres douces choses,
Avec un franc sourire et le cœur sur la main :
Je reviendrai dans peu voir et tailler vos roses.

XV

ENVOI

Sur des seins effrontés les perles étincellent,
Les napoléons d'or sur les tapis ruissellent;
Et voici que se traîne au mur des carrefours
Le spectre provoquant des vendeuses d'amours.

C'est la nuit; les hameaux s'endorment dans la brume :
Réveille-toi, Paris! C'est l'heure du plaisir!
Ivre et nu, tu pourras danser, rire et souffrir,
Aux blafardes lueurs de ton gaz qui s'allume.

Écoutez : la musique a donné le signal,
Et dans son pêle-mêle une ronde hideuse
Emporte, haletants, cavalier et danseuse.

Puis ils sortent, grisés, du galop infernal,
Pour se pâmer ailleurs en des baisers étranges.
Dormez, Ninon, rêvez; dormez, rêvez des anges.

XVI

RÉPONSE

Le soleil s'est levé par un ciel sans nuage
Derrière le clocher du modeste village,
Où parmi nous jadis vos jours laborieux
S'écoulaient lentement, se ressemblant entre eux.

Que n'étiez-vous ici, dans nos prés, chère image,
Dont le cœur m'est présent, et si loin le visage ;
Que n'étiez-vous ici pour le voir de vos yeux
Monter royalement dans la splendeur des cieux ?

Tandis que ses rayons coloraient la vallée,
Dans la fleur de pavot à demi réveillée,
Qui vers un ciel plus gai se relève sans bruit ;

Dans l'herbe molle encor des humides prairies
Qui semblent secouer le sommeil de la nuit,
Un poëte aurait vu briller des pierreries.

XVII

RÉPONSE

Sur les gazons tondus, des génisses couchées,
Les yeux demi-fermés, allongent leurs naseaux;
D'autres vont, le front bas, sur les genoux penchées
A fleur du pré traînant leurs humides museaux.

Les *robes de la Vierge* aux buissons accrochées,
Baignent leur blanc calice à l'onde des ruisseaux;
Et, là-haut, sur les nids, dans les arbres perchés,
Gazouillent à l'envi les troupes des oiseaux.

Au flanc vert d'un coteau, trois enfants : une fille,
Les cheveux emmêlés de feuilles et de foin,
Et deux garçons rieurs qui s'attaquent du poing,

Roulent, foulant le thym, écrasant la jonquille,
Et, suivant follement la molle inclinaison,
S'abattent pêle-mêle au milieu du gazon.

XVIII

ENVOI

u m'as vaincu, Ninon ! et ta plume facile
Se fait un jeu de peindre un champêtre tableau.
Tant pis ; à toi les prés, à moi la grande ville !
Et je m'en vais broyer mes couleurs au ruisseau.

Qui me rendra mes bois, mon rustique berceau ?
Mais non ! — Au boulevard *cascadent* à la file,
Comme ils disent ici en leur jargon nouveau,
Lorette et sénateur, et faux Juan, et vrai Gille.

L'homme, un londrès aux dents, sortant des cabarets,
Moustache en croc, lorgnon rivé sur la prunelle,
Attend, regarde et suit la robe de dentelle,

Que la femme, en passant, a soulevée exprès
Pour montrer aux badauds sa jupe en mousseline,
Et le talon sonnant d'une fière bottine !

XIX

RÉPONSE

Fi ! les étranges vers, le sonnet détestable,
Que vous m'adressez là, cher ami de mon cœur !
Est-ce que loin de moi vous devenez moqueur?
Est-ce là de Paris le langage adorable?

Jadis, c'était alors la joie et le bonheur !
Jadis, il m'en souvient, ta voix irréprochable
Trouvait, pour me parler, un mode plus aimable ;
Et c'est qu'à parler bien, on en devient meilleur.

Mais que dis-je? Est-ce moi, jeune et mauvaise tête,
Qui jetterai d'ici la pierre à mon poëte?
Après tout, ces vers-là, c'est moi qui les voulus.

Va, ne t'inquiète point d'une querelle injuste ;
Forge-moi de ces vers qui vont loin, frappant juste.
Je te baise et je t'aime : Adieu, n'en parlons plus.

XX

ENVOI

Merci, douce Ninon, tu m'aimes, je m'y tiens,
Et le réste, ici-bas, ne m'offre rien qui vaille.
On ne me fera point démordre d'une maille,
Que des yeux que j'ai vus, les plus beaux soient les tiens.

La jeunesse d'ici fume, chante et ripaille,
Se grise et se poignarde au bois pour quelques riens.
Rentrer ivre le soir, en tenant la muraille,
Manger, flâner, dormir, sont les suprêmes biens.

Puis, pour tuer le temps, passer de femme en femme,
Sans aimer, et sans rien qui vous remue à l'âme ;
Puis, discuter la mode ou le prix d'un cheval :

Et ça vous ose encore, en leurs festins bachiques,
S'écrier : Rendez-nous nos libertés publiques !
Enfants, Bullier ce soir promet femmes et bal.

XXI

RÉPONSE

Ce que je fis hier te plaît-il le savoir,
Poëte à qui Ninon ne fait aucun mystère,
Et, par un libre choix, livre son âme entière,
Pour qu'aussi bien qu'en toi chez moi tu puisses voir ?

J'ai noué, ne jetant qu'un coup d'œil au miroir,
D'un hardi tour de main, mon chignon par derrière ;
Puis j'ai battu, courant, chantant, jusques au soir,
Les bois, les champs, les prés, les herbes, la bruyère.

J'ai franchi vingt ruisseaux, escaladé vingt monts,
Effleuré d'un pied sûr la crête des ravines,
Et laissé quelque peu de ma jupe aux épines.

Au retour m'attendaient des plats simples et bons,
Puis le grand lit sans faste, et l'alcôve enfoncée,
Où je fus jusqu'au jour de doux songes bercée.

XXII

ENVOI

La politique, hélas, voilà notre misère!
Disait un soir Musset qui parlait bien et court.
Plutôt que s'en mêler, il aimait mieux se taire,
Bâiller à sa fenêtre et fumer tout le jour.

Deux et trois fois hélas! te dirai-je à mon tour,
Honnête et fier Musset, ombre rêveuse et chère :
La politique au pied boiteux fuit la dernière,
Où sont depuis longtemps les Muses et l'Amour.

Mais la Muse partie avec la politique,
Et la religion et la pudeur publique,
Que nous restera-t-il? Le vide et le néant?

Non : L'amour du rosbeaf et l'art de la mangeaille,
A savoir quel apprêt veut chaque victuaille,
Si le poulet demande un roux ou bien un blanc.

XXIII

RÉPONSE

Il pleut : l'herbe est en pleurs, le village est désert ;
A travers le brouillard des vitres ruisselantes,
Je regarde tomber, sonores et brillantes,
Les gouttes d'eau du ciel qui se croisent dans l'air.

Mésange et roitelet, alouette et pivert
Blottissent sous les bois leurs ailes frissonnantes.
Sur les galets polis le nuage entr'ouvert
Jette des millions de perles bondissantes.

Il pleut : passe le vent. Le soleil dans l'azur
Refleurit. Le ruisseau le mire en son flot pur.
Le vent tourne : A demain les fleurs et la lumière !

Est-ce ainsi que tout change, en haut et sur la terre,
O poële ? — Est-ce ainsi que tout passe ? — Mais non,
Ce qui ne change point, c'est le cœur de Ninon.

XXIV

ENVOI

On ne sait plus aimer : voilà le grand malheur !
On craint plus que la mort quelque peu de misère ;
On ne sait plus donner, et pour la vie entière,
A quelque honnête fille et ses bras et son cœur.

Vaut-il pas mieux fumer et boire de la bière,
Que s'asseoir gravement au chevet de son fils?
Seul, on a tout le feu, la table et la lumière,
Et l'on n'est point, la nuit, réveillé par des cris.

On peut encore étreindre et fouler une femme,
J'en conviens; se débattre en un plaisir infâme,
Haleter et jouir jusques à la fureur :

Mais aimer, mais donner bravement sa personne,
Son travail, sa santé, sa vie à qui se donne :
C'est ce qu'on ne sait plus, et c'est grande douleur.

XXV

RÉPONSE

On ne sait plus aimer : qui parle de la sorte?
Je ne reconnais pas l'écriture et le nom.
Ce n'est point, ce n'est plus cet ami de Ninon,
Le jeune homme aux yeux noirs, qu'en mon âme je porte.

Est-ce que dans ton sein ton amour serait morte,
Toi qui me semblais beau, moins que tu n'étais bon?
Au ciel, autant qu'à moi, demandes-en pardon,
Et que jamais ce cri de tes lèvres ne sorte !

Quel que soit ce Paris, poëte, il me fait peur ;
Je redoute qu'il vienne à changer votre cœur,
Ainsi qu'il a d'abord changé votre langage.

Vers les chemins connus qui mènent au village,
Hâtez-vous de tourner la pointe de vos pieds :
Le pavot, ce matin, s'est ouvert dans les blés.

XXVI

ENVOI

N'ayant du reste rien à faire auprès du feu,
Mesdames, que rêver, digérer, plaire et rire,
Nous chauffer, babiller, et quelque peu médire,
Je propose un pari, j'en établis l'enjeu.

Imaginez d'abord qu'un démon effroyable,
Un fer rouge à la main, dans leur lit, dès ce soir,
Marque au front chaque femme et chaque homme coupable
D'avoir trahi l'amour, encensé le pouvoir,

Trompé, médit, menti, divisé les familles,
Vendu l'âme et le corps des chastes jeunes filles,
Profané sa maison, déshonoré sa chair :

(Ce ne sont après tout que paroles en l'air !)
Eh bien, je gage cent contre un, ma belle dame,
Qu'on ne verra demain, dans Paris, pas une âme !

XXVII

RÉPONSE

Dès que l'aube naissante éclaire mon domaine,
Je cours d'un pied dispos ouvrir le poulailler,
Caresser les grands chiens, puiser à la fontaine,
Et mettre sans façon le trèfle au ratelier.

Les pigeons me voyant volent à bas du chaume.
Le coq empanaché me jette un fier coup d'œil;
Quand visiterez-vous mon champêtre royaume,
Cher et lointain ami dont je porte le deuil?

Voici qu'à l'angle obscur des tièdes écuries,
La frileuse hirondelle attache sa maison,
Mes essaims bourdonnants volent vers les prairies,

Mes chèvres, mes troupeaux, quittent les bergeries,
S'en vont respirer l'air et goûter le gazon :
Dieu leur donne de l'ombre et des herbes fleuries!

XXVIII

ENVOI

O nature, ô limon, mère toute-puissante,
Astres étincelants, fleurs des eaux, flots des mers,
Et toi, vaste cité, profonde, flamboyante,
Qui, dans l'ombre des nuits, te couronnes d'éclairs;

Vierge aux cheveux noués, chère Muse infidèle,
Qui naguère en tes bras arrondis, sous ton aile,
Dans les cieux me portait, par-dessus les prés verts,
Et me baisait sans honte aux yeux de l'univers,

Et toi, ma chaste amie aux yeux bleus, au front pâle,
Toi qui d'un simple mot de ta bouche loyale,
En maîtresse, à ton gré, les apaisais en moi :

D'où renaissent encor ces révoltes soudaines,
Ce sang impitoyable en mes brûlantes veines,
Qui vient je ne sais d'où, me veut je ne sais quoi?

XXIX

RÉPONSE

Chez les oiseaux, dans le bois centenaire,
Marchez, mes pas rêveurs, comme il vous plaît,
Allez, suivez le chemin que Dieu fait
Entre la ronce et l'aubépine amère.

Voici le temps que la Vierge de mai,
Aux bois frileux, à la sèche bruyère,
Jette en riant son manteau parfumé,
Qu'elle a brodé de fleurs et de lumière.

Sur le gazon courait une onde claire;
Le vol léger des zéphyrs la rasait,
Dans le ciel pur l'alouette jasait :

Volons, poëte, au-dessus de la terre,
Ouvrons, ouvrons une aile printanière
Vers les pays que l'oiseau seul connaît.

5.

XXX

Je le croyais vaincu, mon tigre du Bengale,
Ce tigre dont le sang est celui de mon cœur ;
Je ne sais quel soleil rallume son ardeur,
Quel parfum lui revient de la terre natale :

Il frémit ; à l'entour de sa tête royale
Se hérissent ses crins flamboyants ; sa fureur
Écume et gronde ainsi qu'un flot sous la rafale ;
Plein de rage, il bondit sur son maître et seigneur.

Toi qui sais l'enchaîner avec une caresse,
Toi dont l'œil éblouit son œil ensanglanté,
Dans l'éclat lumineux de ta douce beauté,

Lève-toi devant lui, ma terrestre déesse,
O Ninon souveraine ! — A terre il m'a jeté,
Et me creuse les flancs de son ongle indompté.

XXXI

O mon lit, mon fauteuil, mon cabinet d'étude,
Où du monde moqueur n'entrera point le bruit,
Silencieux foyer, tranquille solitude,
Livres qui partagez mon oreiller la nuit,

Chers livres, mes amis, mes plus vaillantes armes,
Vous, que dans le secret mouillaient mes premiers pleurs,
Pour la première fois, de votre enfant en larmes
Vous n'avez pas guéri les farouches douleurs.

Que se passe-t-il donc ici même, à cette heure,
Pour que vous vous laissiez tout un soir oublier?
N'avez-vous plus de voix, amis, pour me crier :

« Ah! qu'il tende vers nous les bras, celui qui pleure!
« Nous sommes le froment des fiers, le vin des forts,
« Nous formons les vivants, nous qui sommes les morts!

XXXII

Adieu, j'ai décroché mon rustique bâton,
Adieu le macadam, le mortier, le bitume,
Le gaz et les vapeurs, la chaux et le béton,
L'égout où je m'embourbe et l'air où je m'enrhume !

Qu'ils soient heureux (je pars, je vais planter mes choux).
Les bonshommes de bois et les femmes de cire,
Mannequins qu'on apprend à marcher et à dire :
« Bonjour, cher, comment va ? —Pas mal, bichette, et vous »

Adieu, Paris, adieu ville enflée et bouffie,
De ton vaste embonpoint, sot qui ne se méfie !
Adieu tes boulevards, tes jardins et ton lac.

Va ! je n'emporte rien de chez toi que mon sac
Et mon manteau ; — Je fuis sans regarder derrière,
Et sur toi de mes pieds rejetant ta poussière...

ESPRIT

I

Salut, fraîche verdure, herbes de la prairie,
Peupliers, cher coteau, désirés tant de fois;
Tels je vous ai connus et tels je vous revois :
En vos simples contours j'enferme la patrie.

O terre des aïeux, que mes pieds bondissants
Frappent à coups pressés dans leur course légère,
Pénétrantes senteurs des sillons jaunissants,
Zéphirs délicieux de ma libre atmosphère,

Salut! — Le ciel meilleur me ramène aux hameaux,
Et mollement m'asseoit à l'ombre des ormeaux.
Aimable et bienvenu le jour qui me délivre!

Je ne me souviens pas du mal que j'ai souffert;
Sur ma verte colline, à la coupe de l'air,
Je puiserai longtemps le souffle qui fait vivre.

II

Bonjour, douce Ninon, je reviens et je t'aime ;
Mon âme, dès longtemps a devancé mes pas ;
Chantant par les sentiers, hardi, toujours le même,
Je la suivais, j'arrive et je te tends les bras.

Dans l'herbe verdoyante, aux bois, aux bords de l'onde,
Nous cueillerons encor cette humble fleur d'amour
Qui ne se montre point aux savants de ce monde,
Et qu'ensemble, Ninon, nous trouvâmes un jour.

Mets ta main sur mon cœur que tu le reconnaisses
A ses vifs battements, toujours égaux entre eux,
Et regarde mon âme au miroir de mes yeux.

Je te rends un corps pur, digne de tes caresses ;
Aimons-nous sans détours, remercions les cieux
Et faisons-nous aux champs une vie à nous deux.

III

Plus de ce faux ennui, qui dès l'abord commence
A saisir ton secret, comme fait un voleur,
Puis se glisse et pénètre et lentement s'avance
Vers les divins trésors enfouis dans ton cœur;

Te ravit à pas lents, par une nuit perfide,
L'espérance et l'amour, la joie et la vigueur,
Puis, d'un soudain éclat de son rire moqueur,
Te réveille tout nu dans ta demeure vide.

Plus de ces vains assauts, combat silencieux
Qui finit par ruiner même les victorieux,
De ces transports muets, seul à seul et dans l'ombre :

Mais s'aimer, se parler, se voir à tout moment,
Goûter l'heure présente et vieillir doucement,
Passer des jours bénis en des baisers sans nombre.

IV

Laisse-moi détacher tous ces vains ornements
Qui dérobent aux yeux ton corps de jeune fille;
Arrachons, déchirons et rubans et mantille,
Je ne veux que toi seule en mes embrassements.

Se déroule à longs flots ta blonde chevelure!...
J'aime, nous seuls dans l'ombre ; le bonheur,
L'amour, la bonne foi, vêtiront de splendeur
Ton beau sein, tes bras blancs, ma Ninon toute pure.

Toi qui dans ce beau corps a mis tant de douceur,
O toi qui sais combien généreuse est ma flamme,
Je n'ai point à trembler devant toi, mon Seigneur.

Et toi, belle Ninon, ô charme de mon âme,
Les sincères amours que tu lis dans mes yeux
Te consoleront bien de m'avoir fait heureux.

V

Pieds nus, et de mes mains étreignant ma poitrine,
O principe éternel de la fécondité,
O Créateur du ciel, j'adore et je m'incline
Devant ce chaste lit des amours habité.

Sous les rideaux de lin l'épouse bienheureuse
Est là. Vers ses baisers s'élance tout mon cœur ;
Mais je veux que ma chair s'agenouille, Seigneur,
Avant qu'elle triomphe en ma couche amoureuse.

Ciel, apaise l'ardeur de mes tressaillements,
Voici que de mes sens la volupté s'empare,
Et déjà l'heure approche où la raison s'égare.

O mon Dieu, sois en aide à mes embrassements !
Au cri de mes baisers, qu'une âme ouvrant son aile
Vienne, vienne des cieux, se reposer en *Elle*.

VI

Ne demandons à Dieu que ce qu'il faut de terre
Pour y pouvoir marcher mille pas devant nous;
Un seul chemin bordé de saules et de houx,
Qui se glisse en rampant sous un bois solitaire;

Quelques fleurs que l'on cueille en ployant les genoux,
Entre des noisetiers une verte clairière,
Et le ciel par dessus, plein d'air et de lumière;
S'il se peut, quelques flots roulant sur des cailloux.

Alors, ta douce main dans la mienne enfermée,
Nous suivrons chaque jour la route accoutumée,
Laissant aller de front la trace de nos pas.

Mes soins et tes vertus nourriront cette flamme,
Qui brûle doucement au dedans de notre âme,
Le feu de l'amour droit qui ne dévore pas.

VII

Aimons-nous, aimons-nous d'un amour grandissant,
Qui résiste au plaisir et que rien n'assouvisse ;
Il faut que l'amour croisse et sans cesse grandisse,
Ou décline bientôt, s'en aille en périssant.

Le nôtre sort de l'âme et non pas d'un caprice
Qui vous prend un beau jour et qu'on laisse en passant.
Il s'est mêlé si bien aux gouttes de mon sang,
Qu'il me faudrait ouvrir le cœur pour qu'il périsse.

O volupté, qui fus la mère des humains,
Ton lait monte au cerveau de mes contemporains;
L'ivresse a bientôt fait de ces fils de la terre.

Mais mon cœur est profond autant qu'il est puissant;
Il en boirait cent ans sans qu'il se désaltère,
Et ce qui les tuerait, m'est à moi nourrissant.

VIII

En nous aimant dans la vive jeunesse,
En nous aimant comme nous le ferons,
Ignores-tu que nous mériterons
De nous aimer encor dans la vieillesse?

Il est en nous des trésors de tendresse,
Cachés exprès pour que nous les cherchions;
Un dieu prudent, afin que nous sachions
Les en tirer sans trêve ni faiblesse,

Dans notre cœur les enfouit un jour.
Creusons en nous ce riche fonds d'amour,
Ouvrons, fouillons cette terre immortelle!

Je ne savais ma fortune si belle,
Je l'entrevois et nous la doublerons,
Mieux nous aimons, et plus nous aimerons.

IX

EN GUERRE !

Oh ! les têtes de rois, les étranges cervelles !
De quelle lave en feu Dieu vous a-t-il pétris ?
Des lions et des ours les farouches femelles
      Vous ont-elles nourris ?

C'en est fait ! — De ses dents sanglantes, inquiètes,
Le quadrupède mord son frein à le broyer;
C'en est fait ! — Le plomb siffle et trois cent mille têtes
      Se couronnent d'acier.

Eh bien, allez, marchez, poursuivez vos caprices,
Marchez jusques au fond des béants précipices
      Creusés par vos fureurs !

Le soleil en pâlit, et la terre s'enflamme.
Plaintes et cris mêlés, fer et feu, sang et flamme :
      Désespoir et terreurs !

X

Donnez-moi des guerriers, des balles, de la poudre,
Des éclairs dans mes mains, des glaives flamboyants,
Un cheval indompté qui vomisse la foudre
       De ses naseaux sanglants !

Quelle horrible vendange !... Aux pressoirs de la guerre
Le vigneron divin livre le sang à flots !
Comme du raisin mûr il foule contre terre
       La moelle de nos os.

Je ne sais quel démon anime mon courage,
Je veux perdre la tête et goûter le sang frais ;
       A demain tes attraits !

Je te ferai demain le récit du carnage,
Et, tremblante Ninon, tu sècheras tes pleurs
       Entre mes bras vainqueurs.

XI

A Venise, en avant, cohortes indomptables,
Au Danube, à Pékin, mes tigres, mes lions...
Allez, courez, broyez sous vos pieds implacables,
    Chevaux et bataillons !

Il n'est point de torrents, il n'est point de montagnes
Qui puissent retarder mon cours impétueux !
Je vous livre l'Europe et ses grasses campagnes,
    Sus aux vaincus !... Je veux...

Oh ! je veux, ma Ninon, fouler tes pâturages,
Voir trembler sous le vent l'ombre de ces feuillages,
    Aller de fleur en fleur.

Ils s'en sont envolés tous mes rêves sublimes !
J'oublie, en un baiser, mon armée et mes rimes,
    Pauvre et faible rêveur !

XII

Avoir, contre son sein, à la face du ciel,
Ne fût-ce qu'une fois serré la bien-aimée ;
Être un homme, et se dire en son âme charmée :
J'aimerai, j'aimerai d'un amour immortel !

Puis, en donnant son corps, donner toute son âme,
S'oublier dans l'orgueil, le triomphe et l'amour ;
Par des chemins dorés, jusqu'aux sources du jour
Monter en emportant dans ses bras une femme !

Et bientôt, mes amis, ô défaite et douleur !
Humilié, vaincu, retomber dans la fange,
Se sentir moins qu'un homme, alors qu'on fut un ange,

Et rougir, oh ! rougir d'avoir eu le bonheur !
Mieux vaut que cette langue à mon palais s'attache,
Qu'au front et dans le cœur porter pareille tache !

XIII

Dieu caché, mais vivant, immuable personne,
De qui vers nous procède et la vie et les jours,
Le père de ma mère et le Dieu des amours,
Au sommet de ces monts que le ciel environne,

Dans l'herbe, devant toi, je pose les genoux.
C'est toi qui pour aimer fis notre âme immortelle,
C'est toi qui dans mon cœur soufflas cette étincelle,
Ce feu d'un chaste amour qui me semble si doux ;

Peut-être que parfois le corps profane l'âme,
Et que mes sens ont pris trop de part à la flamme ;
Peut-être ai-je abusé d'un céleste présent :

Accorde-nous, mon Dieu, que notre amour s'épure,
Donne plus tard la paix à notre sépulture ;
Si nous avons péché, n'en punis que le sang.

XIV.

Ce beau corps, d'où me vint plus de ravissement
Qu'à découvrir le vrai dans mes nuits studieuses,
Ou qu'à suivre la main des archanges semant
Sur le manteau des soirs ces perles radieuses;

Et d'où me vint, Ninon, si douce volupté,
Lorsque je le tenais contre mon âme austère,
Qu'il me semblait parfois que je quittais la terre,
Et rompais mes liens avec l'humanité :

Une heure sonnera — je l'attends et j'y pense —
A l'éternel cadran qui nous compte les jours,
Une heure, où ce beau corps laissera les amours:

Alors, sans me livrer à la désespérance,
Contre ton sein posant mon cœur silencieux,
D'un pas égal au tien je gagnerai les cieux.

XV

Dans les célestes fleurs, au bord des sources claires
Dont le flot semble fuir, scintille, et ne fuit pas,
Nous croirons promener le duo de nos pas,
Et voir voler vers nous les âmes de nos mères.

Nous aurons les plaisirs de la mobilité,
Sans déserter jamais ta place déjà faite,
O Ninon ; — car ici chaque place est parfaite,
Et ce sont les jardins de l'immortalité.

Des boutons de saphir et d'or s'épanouissent,
De merveilleux épis naissent, brillent, grandissent,
Qui s'ouvriront bientôt pour ne se fermer plus.

Afin de captiver le regard des élus,
A chacun des instants des siècles innombrables
Éclosent mille fleurs, dès lors impérissables.

XVI

Lorsque nous toucherons au limpide séjour
Où le cœur des amants brille comme une flamme,
Quand mon âme ravie admirera ton âme,
Nous connaîtrons alors la splendeur de l'amour.

J'avais pensé parfois qu'aux heures de ce monde,
Ninon, je ravissais un point à t'embrasser.
J'aime : entends-tu sonner et fuir cette seconde?
Et nous avons vieilli l'espace d'un baiser.

Le temps ne vole pas au-dessus des étoiles !
Et là-haut, ô Ninon, de nos âmes sans voiles
Ne sauraient prendre fin les baisers commencés.

Seigneur, pour que je passe, ouvre-moi ce nuage !
Vers l'immuable azur où l'amour n'a point d'âge,
Nous volons, purs esprits, l'un à l'autre enlacés.

TABLE

—

Achevé d'imprimer

LE TRENTE AVRIL MIL HUIT CENT SOIXANTE-SEPT

PAR ALCAN-LÉVY

POUR A. LEMERRE, LIBRAIRE

A PARIS

CATALOGUE

DE LA LIBRAIRIE

ALPHONSE LEMERRE

47, *Passage Choiseul*, 47

A PARIS

MM. les Libraires qui désireraient avoir un compte ouvert dans notre maison, sont priés de nous en faire la demande en nous donnant des références.

7.

LA

PLÉIADE FRANÇOISE

RONSARD, DU BELLAY. BELLEAU, JODELLE, BAÏF,

DORAT, PONTUS DE TYARD.

Avec une *Étude* sur la langue de ces poëtes,
un *Glossaire*, des *Notices* biographiques et des notes

Par Ch. MARTY-LAVEAUX

———

La collection formera 15 volumes. Il en paraîtra un tous les trois mois environ; chaque volume, de 400 à 600 pages, sera imprimé en caractères anciens sur papier de Hollande, avec fleurons et culs-de-lampe gravés tout exprès pour cette publication.

Chaque volume sera tiré à 250 exemplaires *numérotés*.

$$250 \begin{cases} 230 \text{ sur papier de Hollande, à } 25 \text{ fr. chacun.} \\ 18 \text{ sur papier de Chine, à } 50 \text{ »} \\ \text{et } 2 \text{ sur vélin. à } 300 \text{ »} \end{cases}$$

Tout souscripteur s'engagera à prendre la collection *complète* au fur et à mesure de sa publication.

La liste des souscripteurs sera publiée avec le dernier volume.

Le tome premier des *Œuvres françoises* de *Joachim Du Bellay* est en vente.

LETTRES INÉDITES

DE DIANNE DE POYTIERS

Publiées par G. GUIFFREY

Un beau volume in-8º, imprimé par Perrin, sur papier teinté. . . . 3o fr.

C.-E. PICHARD

ESSAI SUR MOISE DE KHOREN

Historien arménien.

Un vol. in-8º. — Prix : 5 fr.

(Tiré à 100 exemplaires seulement)

HOMÈRE

L'ILIADE

Traduction nouvelle en prose par M. Leconte de Lisle.

Un vol. in-8º

Papier vélin,   7 fr 5o c.
  — de Hollande,   20   »

(L'Odyssée paraîtra en novembre 1867)

JEAN AICARD

LES JEUNES CROYANCES

Un vol. in-18 jésus.

Papier vélin,   3 fr.
— de Hollande,   5

———

THÉODORE DE BANVILLE

LES EXILÉS

1 volume in-18 jésus, avec portrait

Papier vélin   3 fr.
— de Hollande,   6
— de Chine,   10

———

CH. ROBINOT-BERTRAND

LA LÉGENDE RUSTIQUE

1 vol. in-18. — 3 fr.

———

ALEXIS DE CHABRE

BOUTADES

SUR

L'AMOUR ET LE MARIAGE

1 vol. in-18. — 3 fr.

L.-X. DE RICARD

CIEL, RUE ET FOYER

1 vol. in-18. — 3 fr.

—————

SULLY PRUDHOMME

LES ÉPREUVES

1 vol. in-18 jésus

Papier vélin,   3 fr.
 — de Hollande 5
 — de Chine, 8

—————

ANDRÉ THEURIET

LE CHEMIN DES BOIS

1 vol. in-18 jésus

Papier vélin,   3 fr.
 — de Hollande, 5

—————

PAUL VERLAINE

POÈMES SATURNIENS

1 vol. in-18 jésus

Papier vélin,   3 fr.
 — de Hollande, 5
 — de Chine, 8

Sous presse

Mᵐᵉ JUDITH WALTER

(Née Théophile Gautier)

LE LIVRE DE JADE

1 vol. in-8°

DE LYVRON

POÈMES EN PROSE

1 vol. in-8°

PHILOXÈNE BOYER

LES DEUX SAISONS

POÉSIES

1 vol. in-18

LAURE D'ISOLE

SOUVENIRS

1 vol. in-18

Envoi *franco*, en France et en Algérie, contre un bon
sur la poste.

Paris, typographie Alcan-Lévy, boulevard de Clichy, 62

Librairie d'ALPHONSE LEMERRE, 47, passage-Choiseul

A PARIS

COLLECTION FORMAT IN-18 JÉSUS

A 3 FRANCS LE VOLUME

JEAN AICARD. . . . *Les Jeunes Croyances*, 1 vol.

TH. DE BANVILLE. . *Les Exilés*, 1 vol.

ROBINOT-BERTRAND *La Légende Rustique*, 1 vol.

DE CHABRE. . . . . *Boutades sur l'Amour et le Mariage*, 1 vol.

FR. COPPÉE. . . . . *Le Reliquaire*, 1 vol.

LÉON DIERX . . . . *Les Lèvres closes*, 1 vol.

WINOC JACQUEMIN . *Sonnets à Ninon*, 1 vol.

CH. JOLIET . . . . . *Les Athéniennes*, 1 vol.

L.-X. DE RICARD. . *Ciel, Rue et Foyer*, 1 vol.

SULLY PRUDHOMME. *Les Épreuves* (sonnets), 1 vol.

ANDRÉ THEURIET. . *Le Chemin des Bois*, 1 vol.

PAUL VERLAINE. . . *Poëmes Saturniens*, 1 vol.

Pour paraître prochainement :

DE LYVRON. . . . . *Poëmes en prose*, 1 vol. in-8, 6 fr.

JUDITH WALTER . . *Le Livre de Jade*, 1 vol. in-8, 6 fr.

3947 — Paris, imprimerie ALCAN-LÉVY, boulevard de Clichy, 62